AF444121

L'Étoile aux Moulins

CHRISTIAN GINI

TABLE DES MATIÈRES

J'avais envie de lire un livre
que je ne trouvais pas.

Alors j'ai décidé d'écrire le livre
que j'avais envie de lire.

— L'auteur.

PREMIER CHAPITRE

Chicago, Illinois.

John Powell, le président de la Corwell Agency, venait tout juste de boucler la cinquième grande affaire de l'année. C'était la deuxième fois au cours de son histoire que la Corwell Agency, société spécialisée dans les affaires internationales de grande ampleur, avait affaire avec la Colombie. Tout était dans l'ordre, tout était parfaitement légal, les virements aussi. C'était le bon moment pour John Powell de prendre une semaine de vacances bien méritées avec sa femme à Cuba, dans un hôtel sur la plage. Cela faisait deux ans qu'il n'avait pas pu s'éloigner du bureau et il savourait déjà les spécialités des Caraïbes.

L'avion se posa au Havana Airport tôt le matin. John Powell descendit de l'avion et en regardant sa femme lui esquissa un large sourire.
« On va se régaler chérie, c'est promis. »
L'hôtel était plus fastueux que prévu, la chambre climatisée avait une baie vitrée avec une vue imprenable sur la mer.
« Je vais appeler un taxi pour aller dans un restaurant pour amoureux, lui chuchota-t-il à l'oreille.

— Plus tard. » dit-elle en le tirant vers le lit.

Après la chute du communisme Cuba n'a cessé de développer des offres touristiques pour les riches clients occidentaux et pour les riches clients russes également. Malgré les efforts et les milliards de dollars américains investis, il y a un lieu qui était déjà célèbre à l'époque de Léonid Brejnev, tout simplement parce qu'il s'agissait du bar préféré de l'auteur du roman *L'adieu aux armes*, un certain Ernest Hemingway. John Powell et Ernest Hemingway avait en commun le lieu de naissance, Oak Park dans l'Illinois, c'est pour cela que parmi les dizaines de cocktails à base de rhum le choix fut simple : servi dans une coupe à champagne, un *Papa's Special* (en fait un daïquiri avec double ration de rhum : jus de citron, marasquin, rhum blanc, sucre et glace pilée). Avec sa chemise hawaïenne, tongs, chapeau de paille et Ray-Ban Aviator, John Powell en était à sa deuxième coupe et plaisantait avec sa femme en faisant dodeliner sa boucle d'oreille avec la pointe de son gros nez. « John. John, ton portable.

— Quoi ?

— John, ton portable ! Arrête de jouer et réponds à ton portable ! Cria-t-elle en riant, les larmes aux yeux.

— Ah oui, le portable ! Allô ?

— Salut John, je suis désolée de te déranger au beau milieu de tes vacances mais on a un problème avec le chantier en Europe. Dupont a déjà demandé une expertise de la part de trois équipes différentes d'ingénieurs : Zurich, Oslo et Tokyo.

Powell posa ses Ray-Ban sur la table.

— Amanda, tu dois convoquer tout le monde pour une réunion à huit heures lundi à mon retour.

— C'est déjà fait. Je voulais juste te prévenir. » Amanda Brown raccrocha.

John Powell regarda sa femme et annonça d'un ton solennel :

« Ce soir au restaurant français, face à des homards et en buvant du Cordon Rouge, je vais te raconter l'histoire de New Tokyo.

> — J'en serais ravie Monsieur Powell, répondit-elle en le cherchant de manière intime avec son pied nu sous la table.

— Chérie…

— Oui, Monsieur Powell ? »

Le taxi s'arrêta devant l'entrée à l'heure prévue et le chauffeur fit signe le bras levé en direction de la dame habillée aux couleurs de l'hôtel. La dame hocha la tête pour lui signaler qu'elle l'avait vu, puis elle leva le combiné et composa le numéro de la chambre 208.

« Chérie, ça doit être le taxi. »

John Powell se précipita sur le combiné et répondit sur un ton de lord anglais :

« Oui ?

> — Votre taxi vous attend Monsieur.

> — Très bien, merci. »

Il reposa délicatement le combiné, puis il changea de rythme.

« Chérie dépêche-toi, le taxi est là !

> — Donne-moi cinq minutes, le temps de mettre du rouge à lèvres !

John Powell regarda sa montre et soupira.

> — Mais tu es tellement jolie que tu n'en as pas besoin…

Il essayait de gagner du temps. Elle projeta sa tête hors de la salle de bain :

> — Il est hors de question que tu m'emmènes dans un restaurant français sans rouge à lèvres, dit-elle d'une voix calme et avec un regard sans appel. Il se laissa tomber dans un fauteuil.

> — Bien sûr, murmura-t-il. Et quelle couleur vas-tu choisir ?

La tête de sa femme émergea à nouveau de la salle de bain.

— Rouge John, restaurant français égal rouge ! »

Ils arrivèrent avec une heure et dix minutes de retard. Pour John Powell la ponctualité était comme inscrite dans son ADN, il était visiblement embarrassé. Personne ne remarqua quoi que ce soit. À Cuba la ponctualité était quelque chose de totalement aléatoire. Pour Madame Powell ainsi que pour 95% des femmes de la planète, Cuba est un véritable paradis temporel.
Le restaurant était complet, et le maître de salle accompagna Monsieur et Madame vers la table réservée au nom de Powell. La nappe couleur crème, les assiettes, les verres, tout était simplement magnifique. John Powell demanda l'air satisfait :
« Alors, qu'est-ce que tu penses de la position de la table chérie ?

— C'est magnifique John, mais comment tu as fait pour avoir cette table, c'est la meilleure du restaurant !
— Je l'ai réservée quand on était encore à Chicago.
— C'était le soir où je t'ai entendu parler espagnol au téléphone !
— Oui, je t'avais fait croire que je commandais des tacos chez Rodriguez !
— Merci John, je t'aime. »

John Powell mangea son homard avec les mains et bût du champagne sans quitter sa femme du regard. Elle aussi mangea avec les mains, mais en baissant souvent le regard, rougissant à l'idée de ce que John voudrait faire avec elle après le dîner. Puis elle en revint aux faits :
« Alors ? Demanda-t-elle.
— Alors quoi chérie ?
— Alors, cette histoire de New Tokyo ?
— Ah oui, tu as raison. C'est une longue histoire…
— C'est la soirée idéale pour la découvrir. » Dit-elle les yeux grand ouverts.

John Powell prit la parole comme s'il s'était tenu face à l'assemblée des Nations Unies.

« New Tokyo est tout simplement le plus grand projet économique et géopolitique jamais conçu dans l'histoire de l'humanité. Le père créateur de cette entité est le Japon lui-même. L'idée est toute simple et grandiose à la fois : le Japon est en train de construire une sorte de ville au cœur de l'Europe. New Tokyo sera l'interface entre le monde japonais et l'Occident ; le Japon fera partie du monde occidental mais surtout vice-versa.

Il bût une gorgée de champagne et continua :

— Pour te donner une idée de l'ampleur territoriale et économique du projet on pourrait faire une comparaison avec le Brésil à l'époque du président Juscelino Kubitscheck : pour régler une fois pour toutes les disputes entre Rio de Janeiro, capitale politique, et São Paulo, capitale économique, ils ont bâti une nouvelle capitale, Brasilia, un colosse de deux millions et demi d'habitants.

C'était le moment magique pour s'allumer un *Habano*, le seul cigare manufacturé avec du tabac planté, récolté et transformé sur place.

— Les intentions du Japon et de toutes les entreprises impliquées sont tout à fait pacifiques. Le but est de faire de l'univers nippon une part entière de la vie quotidienne des occidentaux. New Tokyo aura comme seule langue le japonais, les panneaux d'indication en japonais, tout sera en japonais. Dans les gratte-ciel 20% des appartements seront réservés aux familles occidentales, ils seront gratuits pour eux, tu comprends chérie ?

— Oui, oui je comprends, mouis ça a l'air d'être une sorte de…

— Mais non chérie ! C'est une chance pour nous occidentaux ! On a l'opportunité de faire évoluer notre civilisation millénaire avec les richesses…

— John ? L'interrompit-elle.

— Oui, chérie ?

— Est-ce que tu crois que plus tard les américains, les italiens, les canadiens et les allemands parleront tous japonais ?

John Powell réfléchit longuement avant de répondre. Il fit signe au serveur de servir deux rhums en mimant "avec glaçons", puis regarda son épouse dans les yeux :

— Je ne sais pas si on parlera en japonais, mais je suis sûr que plus tard tout le monde sera bilingue.

Il leva son verre.

— *Kanpai !* »

DEUXIÈME CHAPITRE

Au même moment où John Powell posait sa carte American Express Platinum sur la table, un ingénieur norvégien posait une plus grande carte sur une table dans un chantier beaucoup plus à l'est de Cuba.
La Norvège représente le principal producteur européen de pétrole et c'est pourquoi les ingénieurs norvégiens sont particulièrement doués pour la réalisation de forages d'exploration à la recherche d'or noir.

Il faisait chaud en France cette après-midi là, et le plan géologique de la zone était maintenu étalé avec quatre cannettes de bière Hansa. Le chef de chantier dessina une petite croix à l'aide d'un feutre rouge sur un point repéré au compas. C'était la dernière croix, la dernière possibilité, et tout le monde sur le terrain le savait. L'homme à la casquette de chantier blanche prit sa cannette, la vida et hocha la tête le pouce en l'air, donnant le feu vert à celui qui tenait les manettes de l'énorme engin mécanique. Pour une fois dans sa vie, l'ingénieur originaire de Haugesund ne cherchait pas de pétrole, mais espérait au contraire ne rien trouver du tout. Mais une fois de plus, une colonne d'eau s'éleva vers le ciel sous les yeux résignés de l'équipe. Ils faisaient désormais face à un verdict sans appel : il fallait trouver un plan B pour pouvoir donner vie à New Tokyo.

Chicago compte soixante-dix-sept secteurs. Bordé au nord et à l'ouest par une rivière et à l'est par le lac Michigan, le Loop est le quartier d'affaires de downtown Chicago. La Corwell Agency occupe à elle seule un étage entier au sommet d'un gratte-ciel avec vue sur l'Union Loop, la boucle aérienne de métro que l'on voit souvent dans les films. C'était lundi, il était huit heures, la réunion pouvait commencer. John Powell était assis derrière la plaque indiquant qu'il était le président. Amanda Brown, responsable des affaires internationales, et Martin Schott de la sécurité interne prirent place à sa droite, tandis qu'à sa gauche s'installèrent François Dupont, de l'antenne de l'agence en France, et David Pawlevski, secrétaire chargé du projet. Face à eux, habillés de façon identique, les deux hommes de la délégation japonaise, Hiroto Tanaka et Kaito Nakamura. Derrière les japonais deux figures se tenaient debout, comme s'ils avaient fait partie du décor de la pièce. Eux n'ont jamais eu de nom. Dans une salle à côté il y avait quatre interprètes connectés, ils étaient bien payés pour traduire et pour oublier. John Powell appuya sur un bouton pour donner ordre à la secrétaire de faire entrer les trois ingénieurs avec leur matériel.

L'arsenal technologique était impressionnant, et entièrement composé d'outils informatiques de fabrication chinoise arborant des logos inconnus au grand public. Ce fut le plus vieux, le suisse, qui prit la parole avec un geste du bras pour montrer qu'il s'exprimait au nom de tous les trois. Avec une télécommande il baissa l'intensité de la lumière et sur l'écran géant des images tridimensionnelles spectaculaires apparurent. Le logiciel permettait de mélanger les images satellite de Google Maps à des animations 3D, le tout avec la superposition de vidéos enregistrées pendant les travaux. Le squelette du futur géant était déjà hors de terre, il ne restait plus qu'à le relier à la vie.

Concrètement il fallait construire la structure sur laquelle seraient posées routes, voies ferrées, lignes métropolitaines, et plus généralement toute la sphère logistique qui permettrait de relier New Tokyo au reste du monde. C'était justement le poids des tonnes de béton nécessaires qui posait problème. L'ingénieur fit glisser son public sous-terre comme dans une attraction de parc de loisirs. C'est là que les images parlaient d'elles-mêmes : il y avait une faille souterraine, un véritable lac emprisonné. Si on décidait de bâtir en surface, tout allait s'effondrer. Les lois de la physique étaient claires.

« Du coup, fit l'ingénieur norvégien en prenant le relai, nous avons tous travaillé de manière autonome et sans se consulter pour évaluer d'autres solutions.

> — *Hein* ? Demanda à voix basse quelqu'un dans la salle.
>
> — Voici le résultat : hormis quelques différences d'ordre esthétique, les trois équipes, comme vous le voyez sur l'écran ont dessiné la même ellipse avec le même point de force. »

Les mots et les formules restaient compliqués à déchiffrer, mais les trois dessins montraient qu'il y avait un point précis sur lequel allait se poser l'énorme infrastructure. Géologiquement il s'agissait d'un bloc de roches apte à soutenir le poids du béton en question.

« Au final, conclut l'expert, on passera à l'ouest de New Tokyo au lieu de passer au nord comme prévu au départ. François Dupont se leva :

> — Merci, merci beaucoup et bon retour. »

La première partie de la réunion était terminée. John Powell était très satisfait du résultat qu'ils avaient obtenu en un temps record.

« Très bien les amis, je pense qu'on n'aura pas non plus de soucis en termes de financement. Il tourna la tête vers la droite :

> — Amanda ?
>
> — Oui John, le centre financier m'a confirmé que

nous sommes dans les clous mais…

Elle marqua une pause qui mit Powell en garde.

— Oui Amanda, continues ? L'invita-t-il.

Amanda Brown posa ses deux mains sur la table.

— François, tu nous as dit qu'il y avait un problème n'est-ce pas ?

Pour la première fois de la journée John Powell eut peur d'entendre une réponse. Martin Schott leva les yeux au ciel et serra les poings. François Dupont se leva, son regard fit le tour rapide de l'audience, puis il se lança :

— Oui Amanda, on a un problème. Notre problème s'appelle Leondane.

— Et c'est qui ce putain de Leondane ! S'exclama Martin Schott. Amanda Brown lui décocha un coup de pied sous la table.

— Martin, les japonais… Lui dit-elle en se mordant la lèvre inférieure.

Dupont reprit son discours :

— La question n'est pas "qui" Martin, mais plutôt "quoi".

— Oui bon, et c'est "quoi" alors ? Répliqua Martin Schott sur un ton exagérément gentil.

— Vas-y crache le morceau, l'invita John Powell.

Le récit qui allait suivre changea à tout jamais l'histoire de la Corwell Agency. Toujours debout, Dupont commença :

— Leondane, c'est un village. Il s'agit d'un petit village situé au cœur de la France. Il n'y a pas beaucoup d'habitants mais il se situe sur une zone rocheuse, la même zone rocheuse que les ingénieurs de tout-à-l'heure nous ont indiquée comme point de force. Pour pouvoir accoucher de New Tokyo, il faudrait noyer Leondane dans le béton. J'ai analysé la situation dans les détails : acheter chaque maison est impossible, il suffirait de l'opposition d'un vieux du village et ce serait fichu. Pourquoi fichu ? Parce qu'il ne s'agit pas de travaux publics, et la commission européenne à Bruxelles n'autorisera

jamais l'expropriation de tout un village pour cause d'utilité publique. Et même si on parvenait à obtenir des appuis au sein de la commission il resterait encore un obstacle insurmontable : croyez-vous un seul instant que le président de la République française donnerait son accord pour noyer un village médiéval sous le béton à moins de deux ans des élections ? La réponse est non les amis. On dirait presque que la solution la plus simple serait de déclarer la guerre à la France et bombarder Leondane ! » Dupont se laissa tomber sur sa chaise, le regard braqué au sol.
Personne ne saurait dire combien de temps le silence dura dans la pièce.

Comme tout le monde l'espérait, ce fut John Powell qui prit la situation en main.
« Est-ce que quelqu'un a une idée ? »
Martin Schott posa son index sur ses lèvres pincées, puis il leva doucement son doigt pour demander la parole.
Martin Schott avait fait son arrivée à la Corwell Agency après Amanda Brown et John Powell. Il fut embauché comme responsable de la sécurité interne deux mois après avoir perdu son ancien emploi. Avant, il était deuxième en poste à la sécurité de la tour sud. John Powell avait une confiance totale en Martin Schott et le considérait comme le meilleur professionnel qu'il n'ait jamais rencontré au cours de sa carrière.

Pour John, Martin est aussi un ami.
Soulagée du fait que Schott s'apprête à proposer une possible voie de sortie, Amanda Brown lui fit signe de commencer.
« J'ai peut-être une solution. Enfin, j'ai peut-être la seule solution qu'il vaudrait la peine de tenter.
Son instinct disait à John Powell que Schott allait sortir un mélange entre une bombe et une pépite, et il avait raison.

— On t'écoute Martin.

— Je pense qu'il y a un homme qui pourrait nous aider.

— Quel est son nom ?

— Kolmann. Marvin Kolmann. »

Cinq secondes plus tard John Powell rompit à nouveau le silence.

« OK, pour moi c'est OK. Amanda ?

— C'est OK. »

Ce fut à ce moment là que de manière inattendue Hiroto Tanaka fit un signe de la main pour couper le contact avec la salle de traduction. Le japonais leva l'index de la main gauche à la hauteur de son épaule et s'exprima sans besoin d'un traducteur :

« On vous a confié New Tokyo. On espère que vos choix nous permettront de trinquer à la réussite, sinon il y aura *otsuya*.

Hiroto Tanaka sourit pour la première fois et leva sa coupe de champagne :

— *Kanpai* !

Les autres verres se levèrent.

— *Kanpai* ! »

Une demi-heure plus tard les japonais étaient dans un taxi en direction de l'aéroport international O'Hare. John Powell desserra sa cravate et s'alluma un cigare ramené de Cuba.

« Wow, c'était dur les amis ! Demain huit heures réunion pour définir les détails OK ? Puis il regarda Amanda Brown : Amanda, toi tu parles japonais non ? Ça veut dire quoi *otsuya*?

Amanda Brown regarda l'Union Loop par la fenêtre.

— Veillée funèbre, ça veut dire veillée funèbre. »

TROISIÈME CHAPITRE

Corwell Agency, mardi huit heures.

Tout le monde était là, ou presque. John Powell avait la tête dans la presse, Martin Schott en était à son deuxième café et Amanda Brown faisait les cents pas. Martin Schott attendait avec un air de moine tibétain le moment où Amanda aurait explosé, il n'était plus que question de quelques secondes.
« Mais il est où cet imbécile de Pawlevski ! »
David Pawlevski était la cible préférée d'Amanda Brown. Il avait rejoint la Corwell Agency deux ans plus tôt. Le grand mystère était que Pawlevski avait été déniché à la sortie de la fac, interrogé, testé et ensuite embauché par la numéro deux de la boîte, Amanda Brown elle-même !

David Pawlevski ouvrit la porte en frappant en même temps, comme pour rattraper son retard. Il tenta d'ouvrir la bouche pour se justifier, mais le résultat fut catastrophique:
« Excusez-moi pour le retard, je suis resté bloqué dans les bouchons sur Madison Street, bredouilla-t-il.
Martin Schott porta ses mains à ses oreilles et baissa la tête en se préparant à l'explosion. La rafale d'Amanda Brown fut

immédiate.

> — Pawlevski ! Vous êtes né à Chicago, vous avez toujours vécu à Chicago, et vous allez me dire que vous venez tout juste de découvrir qu'à huit heures du matin il y a des embouteillages sur Madison Street ?

Elle pointa vers lui un doigt menaçant :

> — La prochaine fois venez au bureau la veille ! »

Profitant du silence sidéral qui s'abattit sur la pièce Martin Schott envoya un texto sur le portable d'Amanda, puis se couvrit le visage l'air grave pour ne pas éclater de rire. *"Il faudra aménager une chambre d'amis."*
Amanda ne cilla pas, mais son pied s'abattit sur la cheville de Martin avec la force d'une footballeuse. John Powell se leva pour aller s'installer à sa place à la table entourée de quatre chaises. Les trois autres comprirent le message. Powell fit le résumé de la situation. Avant de poser la question clé à Martin il lui offrit un cigare.
« Comment va-t-on mettre la main sur Marvin Kolmann ?

> — Je ne sais pas John, avoua Martin Schott.

Powell prit un morceau de papier et griffonna des chiffres dessus. Il le tendit à Pawlevski.

> — David, s'il te plaît, commença-t-il sur un ton amical pour réchauffer l'ambiance. C'est le numéro personnel d'un ami, il était au lycée avec moi. Maintenant il est à Langley, dans la section informatique je crois. Ce ne devrait pas être trop compliqué de dénicher un citoyen américain pour quelqu'un qui travaille à la CIA.

David Pawlevski s'empara du bout de papier, son visage avait repris des couleurs.

> — Merci Monsieur Powell, je le contacterai dans la journée. »

La réunion était terminée. John Powell se mit à plancher sur un dossier et David Pawlevski fila dehors en évitant le regard d'Amanda Brown. Martin Schott invita Amanda à

boire un verre au bar situé à l'angle de State Street.
« Amanda, on doit discuter du décor pour la chambre d'amis.

— T'es con ! » Fit-elle en le tapant sur la nuque.

Le soir John Powell était assis avec des clients canadiens au restaurant coréen du coin quand son téléphone portable sonna. Le nom de Pawlevski s'afficha sur l'écran.
« Excusez-moi, il faut que je décroche. Oui David ?

— Excusez-moi Monsieur Powell, je ne voulais pas vous déranger le soir mais…

— Oui David.

— J'ai appelé votre contact à Langley, je lui ai expliqué qu'on cherchait un certain Marvin Kolmann.

— Il lui faudra combien de temps pour le trouver ?

— En fait il se trouve qu'il le connaît. Il m'a donné son numéro de portable Monsieur.

Silence.

— Très bien David, très bien. Appelle Monsieur Kolmann de la part de la Corwell Agency. On se voit demain à huit heures.

— Très bien Monsieur Powell, à huit heures, je veux dire, à demain à huit heures. »

QUATRIÈME CHAPITRE

Marvin Kolmann était en couple. Il avait une vision du couple bien à lui. Il avait étudié le dossier pendant quatre mois, et il lui en avait fallu autant pour le mettre en œuvre. Le dossier, sa fiancée, comportait trois éléments clé. Premièrement l'argent de son père, un millionnaire qui avait fait fortune grâce à un certain nombre de forêts au cœur du Canada qui appartenaient à sa famille depuis des générations. Le dossier était aussi la plus jeune parmi trois sœurs. Les deux filles aînées avaient hérité de toute la beauté de maman, une top-modèle d'origine polonaise, complétée par l'intelligence du papa. La nature avait fait l'inverse avec la fille cadette, remplissant de facto les deux dernières conditions nécessaires à compléter le dossier. Sa copine était riche, moche, et pas du tout intelligente.
Marvin Kolmann avait créé de toutes pièces une rencontre occasionnelle au cours d'un séjour en Italie, le pays idéal pour les amoureux, et depuis il avait commencé à profiter de l'argent, voitures, bateaux, hélicoptère, jet privé et des nombreuses propriétés de luxe situées dans les plus beaux endroits du monde.

Cette année-là l'anniversaire de Marvin tombait un

mercredi, et les deux amoureux avaient convenu de se rejoindre dans le chalet à la montagne le week-end pour le fêter ensemble sur la neige. La Mercedes classe G avec chauffeur s'arrêta devant l'entrée de l'énorme propriété familiale. La jeune fille mit les pieds dans une couche de neige immaculée et fit signe à travers la vitre à l'homme en uniforme de service.

« À lundi.

— À lundi Mademoiselle. » Répondit le chauffeur en hochant la tête.

En avançant seule dans la neige elle sortit de son sac à main le petit paquet cadeau. On était mercredi, et son plan pour faire une surprise à Marvin avait marché. Elle arriva sans faire de bruit jusqu'à la porte et se mit sur la pointe des pieds pour regarder à l'intérieur à travers la petite fenêtre carrée de l'entrée. Derrière le dos du canapé, face à la cheminée, elle aperçut deux mollets en l'air, chaussés de chaussures à talons rouges, espacés d'environ un mètre, qui rebondissaient. La porte était ouverte, et elle avança silencieusement dans la pièce. Elle fut surprise de voir que c'était le corps nu de Marvin à donner le rythme.

« Marvin ! Cria la fille au sol.

— Oui !

— Marvin !

— Oui !

— Marvin retourne-toi !

Marvin Kolmann vit sa fiancée poser le paquet cadeau sur la table.

— Joyeux anniversaire Marvin. » Elle sortit par la porte en marchant à reculons, le regard perdu dans le vide.

Peu après Marvin Kolmann se tenait debout tout nu face au bar du chalet. Il se servit un Jack Daniel's. Il entendit l'hélicoptère de la société du père de son ex qui venait le récupérer. Il était en train de regarder l'heure sur sa nouvelle Rolex gravée avec ses initiales et ajustée à son poignet quand son téléphone portable vibra. Il vida son verre.

« Kolmann.

— Bonjour Monsieur Kolmann, je m'appelle David Pawlevski. Je vous contacte au nom de la Corwell Agency, est-ce que vous avez deux minutes à m'accorder ?

— Je viens tout juste d'en terminer avec un dossier, je vous écoute.

David Pawlevski avait appris par cœur le discours qu'il avait préparé dans l'espoir que Marvin Kolmann ne refuse pas avant même de le rencontrer.

— Très bien, le coupa Kolmann, dis à Powell, Brown et Schott que j'accepte de te rencontrer pour voir de quoi il s'agit. Je t'envoie les détails des conditions de notre rendez-vous par texto. »

Kolmann avait déjà raccroché quand Pawlevski répondit « Merci Monsieur Kolmann, merci beaucoup. »

David Pawlevski ne savait pas si c'était bon signe que Kolmann connaisse déjà les noms des trois piliers de la Corwell Agency. Ce que Pawlevski ne savait pas non plus, c'était que pendant qu'il récitait les vers de son discours au téléphone Kolmann était en train de taper "Corwell Agency" sur Google. Sur le site internet de la Corwell Agency on pouvait lire "*Les trois piliers de la société…*"

CINQUIÈME CHAPITRE

David Pawlevski ajusta sa cravate. C'était la première fois qu'une réunion au sein de la Corwell Agency commençait avec son discours. Il était souriant, mais pile au moment où il allait commencer à parler son regard croisa celui de Schott. Les yeux de Martin Schott avaient rapidement bougé de droite à gauche, les sourcils froncés. Pawlevski comprit le message, il ne fallait surtout pas sourire. Le visage grave donc, la bouche sèche, il prit courage.
« Grâce à notre homme au sein de la CIA…
Il avait toujours rêvé de pouvoir dire cette phrase un jour.
…Nous avons établi un premier contact avec Marvin Kolmann. Kolmann a accepté de me rencontrer pour prendre connaissance du dossier. Je viens de recevoir ses conditions. » Pâle, à la limite de perdre connaissance, il s'interrompit. John Powell lui demanda s'il y avait un problème. Pawlevski répondit que si la Corwell Agency acceptait toutes les conditions posées par Kolmann la note allait être très salée.
« On a un budget illimité David, précisa Powell.
— Oui mais…
Ce fut à ce moment là qu'Amanda Brown bondit de sa chaise.

— Pawlevski ! Si je vous dis un, c'est un ! Si je vous dis deux, c'est deux ! Si je vous dis illimité, c'est illimité! Il vous faut une calculette pour le comprendre ?

— Il m'a donné rendez-vous au Sandy Lane Golf Club de la Barbade, quatre jours, hôtel cinq étoiles, vol première classe.

Pawlevski n'osait plus lever les yeux.

— C'est du Kolmann tout craché ! S'écria Martin Schott. C'est aussi bon signe, continua-t-il à voix basse.

Powell voulait du concret :

— C'est pour quelle date David ?

Pawlevski soupira, la gorge serrée, peut-être les larmes aux yeux, il n'aurait su dire.

— Il… Il a fixé la date du quatorze, le mois prochain. Le jour de mon mariage.

— Merde ! L'exclamation fut unanime. John Powell, les mains jointes devant sa bouche, prit un ton paternel.

— David, écoute…

— Je sais, je sais. On a pas le choix. Je n'ai pas le choix.

— Oui David, merci.

Amanda Brown surprit tout le monde quand d'un geste sincère elle posa sa main sur le bras de Pawlevski.

— Je suis sûre qu'Allison va comprendre, elle vous aime. Je sais qu'elle vous aime David.

Martin Schott mima un applaudissement. Powell reprit la parole à son tour.

— D'un côté c'est mieux comme ça, il vaut mieux que ta future femme sache tout de suite à quoi ressemblera la vie ensemble ! Je ne dis pas ça pour vous faire du mal, mais ici on le savait tous depuis le début de notre carrière.

Puis Powell ne résista pas à la tentation.

— Il n'y a que mon histoire David qui fait exception à la règle…

David Pawlevski avait envie d'entendre la suite.

— J'ai rencontré ma femme dans des circonstances

très singulières…
John Powell était maître dans l'art de créer une atmosphère.

> — Il y avait un braquage à la banque sur la dix-neuvième. J'étais là. J'étais parmi les otages. Le chef de la bande tenait son canon sur ma tempe. Soudain la S.W.A.T. fit irruption : le capitaine ouvrit le feu, un seul coup de feu et les malfaiteurs avaient les mains en l'air. Un seul homme était à terre entre la vie et la mort, c'était moi. Les caméras de surveillance ont montré plus tard que le capitaine de la S.W.A.T. avait tiré sur un citoyen innocent tenu en otage. Il fut viré quarante-huit heures plus tard. Dix jours après l'incident je suis sorti du coma et j'ai appris toute l'histoire dans la presse. J'étais en train de lire quand le capitaine de la S.W.A.T. frappa à la porte de ma chambre d'hôpital. Ce fut la première fois que je vis mon épouse.

> — C'est pas vrai ! Fit Pawlevski bouche bée.

> — Oui, je déconne ! Powell faillit s'étouffer. La vraie histoire, poursuivit-il, c'est qu'à la fac j'étais le capitaine de l'équipe de baseball et ma femme la plus belle des pom-pom girls.

Amanda Brown se leva, prit le visage de John Powell entre ses mains et le secoua doucement.

> — Arrête tes conneries John.

> — Mais non Amanda, répliqua Powell déçu, ce n'est pas juste elle était bonne celle-là ! Tu gâches tout ! »

Le soir même, David Pawlevski avait deux tâches à accomplir : d'abord il devait s'occuper des vœux formulés par Marvin Kolmann en puisant dans le budget "illimité". Ensuite il invita Allison pour une promenade à Lincoln Park. C'était là, assis au bord du lac, les pieds dans l'eau, que David Pawlevski réussit à trouver les mots pour expliquer à Allison toute l'histoire depuis le début. Il ne pouvait pas divulguer certains détails, mais il n'y avait pas de mensonges dans son récit.

« Donc si je résume bien, intervint Allison vers la fin, un ingénieur norvégien a creusé un trou de l'autre côté de l'Atlantique au beau milieu de nulle part en France, et à cause de ça ta boîte à Chicago Illinois risque de subir une nouvelle Pearl Harbor de la part des japonais ?

David esquissa un sourire pour la référence à l'attaque surprise menée par les forces aéronavales japonaises le sept décembre 1941.

> — David je t'aime. Je sais pour qui tu travailles. On va décaler la date du mariage, tant pis pour les invités.
> — Moi aussi je t'aime Allison. Et quand tout sera fini…
> — Au fait, combien de temps cela risque-t-il de durer?

Demanda Allison en terminant sa glace à la fraise.

> — Deux ans tout au plus mon amour.
> — DAVID ! »

SIXIÈME CHAPITRE

L'Airbus de la compagnie américaine frôla l'asphalte de l'aéroport international Grantley-Adams avec la grâce d'une hirondelle. Marvin Kolmann avait la curieuse habitude de toucher la carlingue quand il montait sur un avion et de se retourner pour le saluer quand il descendait. La main ouverte levée vers l'oiseau blanc qui l'avait amené depuis New-York, il nota que chaque appareil disposait d'une dérive arborant une livrée unique reprenant les nuances de bleu du logo de la compagnie. Cette particularité rendait le lien entre Kolmann et son ami volant encore plus spécial. Kolmann fut ramené à la vie réelle quand il aperçut la pancarte avec son nom tenue par un chauffeur chinois. La limousine quitta l'aéroport via une sorte de piste dont l'accès était limité à une très petite part du commun des mortels. Trois heures plus tard Kolmann était sur le green avec son putter quand il aperçut un joueur au volant d'une voiturette de golf se diriger vers lui. Il avait une tenue rose saumon. Kolmann regarda sa Tag Heur Monaco. *C'est donc lui Pawlevski ?* Pensa-t-il. *Au moins il est à l'heure.*

Le duo Kolmann-Pawlevski se lança sur le parcours de 18 trous. Le récit de David Pawlevski était bien exposé et riche en éléments. Kolmann comprit tout de suite qu'il l'avait appris par cœur, mais quand Pawlevski perdait le fil du discours, sans le vouloir et dans l'effort de se rattraper il montrait qu'il était un garçon intelligent. Kolmann aime les gens intelligents et déteste les gens stupides. Son discours terminé, Pawlevski était en train de prier intérieurement, et pour se détendre il posa une question à son adversaire sur le fairway.

« Vous avez appris à jouer au golf tout petit ?

La question voulait souligner le style impeccable du swing.

— Je n'avais jamais touché une balle de golf jusqu'à il y a quatre ans !

Kolmann disait la verité.

— J'ai eu la chance d'avoir un grand maître pour commencer à jouer au golf. J.N. n'avait pas envie de m'apprendre quoi que ce soit, mais il fut obligé de devenir mon coach suite à un pari qu'il a perdu contre moi.

— Et c'était quoi le pari ? Demanda Pawlevski.

— J.N. avait parié contre moi sur la recette d'un plat italien, les *spaghetti all'amatriciana*. J.N. et moi étions dans un restaurant dans le quartier Transtevere à Rome et nous avons interrogé directement le chef. J'étais sûr de gagner, je connais trop bien la cuisine italienne. Et voilà comment j'ai commencé à jouer au golf.

Pawlevski ne résista pas à la curiosité.

— Et c'est qui ce J.N.?

— J.N. c'est mon coach, répondit Kolmann. "J" comme Jack, "N" comme Nicklaus ! »

La partie était terminée.

Deux jours plus tard, pendant le petit-déjeuner au club-house, Kolmann fit de Pawlevski un homme heureux.

« Je prends le dossier. »

Pawlevski crut avoir bredouillé une réponse, mais n'en fut jamais certain. Kolmann tendit à Pawlevski une liste.

« Ça c'est pour commencer. »
Le soir Kolmann salua ses deux amis, David Pawlevski et l'oiseau blanc à la queue bleue.

Pawlevski transmit la liste directement à John Powell.
« Berlin ? Kolmann nous demande de l'installer dans un appartement au cœur du quartier Kreuzberg à Berlin ? » Powell regarda Martin Schott, le regard interrogateur. Martin Schott montra ses paumes de main et sur un ton de vieux sage murmura un "tout va bien". Powell avait besoin de quelque chose de plus concret et invita Pawlevski à donner des explications d'un geste du bras. Marvin Kolmann avait accepté le défi de se charger d'un problème en apparence sans issue. Comme dans le monde des mathématiques il lui fallait créer un théorème pour le résoudre. L'inspiration était la clé pour réussir et Marvin Kolmann sentait qu'elle pouvait se cacher dans les ruelles de Berlin. C'était donc là qu'il avait décidé de planifier sa stratégie.
« J'aime bien ce type, commenta Amanda Brown. John Powell se réfugia un instant dans le coin de son cerveau dédié à la rationalité, puis lâcha :
— C'est parti ! »

Marvin Kolmann voulait aussi avoir un interlocuteur unique à sa disposition pendant toute la durée de l'opération. Il voulait quelqu'un qui soit basé sur Paris, disponible 24h/24 et avec une seule consigne : être efficace. John Powell demanda à François Dupont s'il y avait quelqu'un avec un profil adapté en France.
« Je peux vous proposer Annie O'Sullivan, répondit Dupont. Il s'agit d'une collaboratrice fidèle qui travaille avec nous depuis trois ans maintenant. Elle est franco-américaine. Elle a des contacts personnels partout car elle a été la secrétaire de l'ambassadeur américain en France jusqu'au petit scandale qui lui a coûté sa place. Je vais la rencontrer demain à mon retour sur Paris si ça vous

convient.

— Très bien François, c'est parfait, répliqua Powell.
Martin Schott leva les deux bras au ciel :

— Et c'était quoi exactement le petit scandale ?
François Dupont adorait raconter cette histoire gardée
coûteusement cachée à la presse.

— C'est une affaire sexuelle, précisa-t-il.

— Je vois, fit Powell, un Bill Clinton-bis.

— Pas vraiment, le corrigea Dupont. L'ambassadeur
   américain Roger Wilson aurait trouvé son épouse
   Dorothy Wilson la tête entre les cuisses de
   Mademoiselle Annie O'Sullivan…

— OK on a compris, ça suffit ! » Intervint Amanda
   Brown.

SEPTIÈME CHAPITRE

Marvin Kolmann savourait son whisky filtré au travers d'une couche de charbon de bois d'érable en regardant les gouttes de pluie couler le long du vitrage du café. Il parcourut vite fait le New York Times. Coup d'œil à sa montre Patek Philippe : quatorze heures. Il appela la serveuse par son prénom et lui demanda de faire venir un taxi pour l'amener jusqu'à l'aéroport. Le pourboire qu'il laissa valait trois fois la commande.
« Départs JFK.

    — Vous partez à l'étranger ? Demanda le chauffeur.

    — Berlin, fit Kolmann en réponse.

    — Vous n'avez pas de bagages Monsieur ?

    — Non, tout ce qu'il me faut m'attend là-bas. »

Marvin Kolmann n'a jamais voyagé avec un seul bagage de toute sa vie.

Café italien, contrôle passeport, Lufthansa, première classe, place 1A.
« Désirez-vous quelque chose Monsieur ? Demanda l'hôtesse de l'air avec un fort accent allemand.

    — Kolmann, je m'appelle Marvin Kolmann.

    — Désirez-vous quelque chose Monsieur Marvin

Kolmann ?

— Oui, j'ai deux désirs : un Jack Daniel's et un dîner avec vous dans un restaurant italien. »

Quelques minutes plus tard la blonde allemande posa un verre sur la table face au passager 1A.

« Est-ce que ça a déjà marché votre truc du resto avec une hôtesse de l'air, Monsieur Marvin Kolmann ? Demanda-t-elle.

— Jamais, j'essaie toujours mais ça n'a jamais marché ! En tout cas pas avec une hôtesse qui s'appelle Agathe. »

Arrivé sur le sol allemand Kolmann était légèrement étourdi par le fuseau horaire et parce que c'était la première fois qu'il faisait l'amour dans les toilettes d'un avion.

Contrôle passeport, taxi, direction l'appartement.
Le long du trajet le taxi passa devant une bijouterie.
« Arrêtez-vous s'il vous plaît ! Je reviens tout de suite. »
Il en sortit avec une Junghans Meister Automatic au poignet.
L'appartement au dernier étage était exactement comme il l'avait demandé. Porte blindée. Chambre avec lit une place. Jacuzzi. Cuisine équipée. Salon avec cheminée. Bureau spacieux, avec seulement une table basse japonaise au centre de la pièce, posée sur un Ziegler Mahal.
Quatre jours après son arrivée à Berlin, Kolmann décida d'appeler pour la première fois Annie, son contact à Paris, dans l'idée de tester immédiatement son efficacité. Il appuya sur la touche appel de son tout nouveau portable dédié. Le temps de porter l'appareil à son oreille une voix de femme retentit.
« Oui, Monsieur Kolmann ?
Efficacité, chance ? On va tester la réaction au stress.
— Si je vous appelle, vous répondez, OK ?
— Oui Monsieur Kolmann.
— Vous n'allez jamais enregistrer mes appels, OK ?
— Oui Monsieur Kolmann.

— Vous allez écrire sur une feuille tout ce que je vous dis et dès que ce sera fait vous la détruirez, OK ?

— Oui Monsieur Kolmann.

— Maintenant on commence. Prenez un stylo et des feuilles A4, j'ai beaucoup de choses à vous demander.

— Je suis prête Monsieur Kolmann. »

Marvin Kolmann voulait tout savoir sur un village situé en plein cœur de la France, Leondane. Il voulait connaître l'histoire du village dans les détails à partir du Moyen-âge. Une fiche rédigée par un détective privé pour chaque habitant sur les cent dernières années. Le cadastre complet du village. La liste était vraiment très longue.

« Vous avez quarante jours pour m'envoyer un colis dans un Mercedes-Benz Vario 815 D blindé. » Marvin Kolmann coupa la communication. *Self-control ou crainte ?*

HUITIÈME CHAPITRE

Chaque jour Berlin proposait à Kolmann un nouvel endroit où il pouvait passer la journée entière. C'était exactement ce que recherchait Kolmann. Le musée d'histoire naturelle, un café sur Alexanderplatz, un banc devant la coupole du Reichstag, ou encore l'ombre de la porte de Brandebourg. L'objectif était d'entrer dans une réalité qui se rapprochait de ce qu'un sinologue en 1867 avait décrit comme un rêve lucide. Durant la phase du sommeil paradoxal le rêveur a conscience d'être en train de rêver. Marvin Kolmann transposait les règles du rêve lucide à la vie réelle. Son téléphone portable sonna alors que Kolmann regardait Berlin du haut des 368 mètres de la Fernsehturm, la tour de la télévision, l'édifice le plus haut d'Allemagne.
« Le Mercedes-Benz Vario 815 D blindé arrivera demain à onze heures Monsieur Kolmann.

— Très bien Annie.

— Appelez-moi dès que vous recevrez le colis Monsieur Kolmann. Je vous donnerai le code à huit chiffres avec lequel j'ai moi-même sécurisé le colis.

— Merci Annie. »

La nuit, Kolmann eut l'impression d'attendre le père Noël. Malgré ça il se leva tard, prit une douche, se rasa, et se

prépara deux fois un café. Il se retrouva finalement seul, assis en tailleur face au colis. Cette fois il ne lui donna pas le temps de répondre "oui Monsieur Kolmann ?" :
« Donnez-moi le code.
— 2.6.7.2.4.8.9.5. »
Le colis ouvert, Kolmann commença son long travail. Les murs de l'appartement se remplissaient jour après jour de photos et croquis. Sur le sol, des dizaines de feuilles froissées et les restes des repas livrés à domicile par les meilleurs restaurants du coin. Il ne sortait de l'appartement que pour aller marcher à grande vitesse pour fixer ses idées.

Un vendredi soir Berlin se révéla être le noyau de l'inspiration. De retour d'une promenade au jardin Tiergarten, Kolmann s'était presque perdu quand il arriva devant le portail d'une sorte d'association de quartier. Une dame très âgée lui fit signe de vite s'approcher : « dépêchez-vous, dans deux minutes ça va commencer ! ». Kolmann se laissa entraîner par le bras à l'intérieur d'une salle où une petite douzaine de personnes étaient réunies. Il n'avait pas osé interroger ou s'opposer à la vieille dame, elle était irrésistible. La soirée à thème STASI, la police secrète du gouvernement communiste d'Allemagne de l'est, ne tarda pas à commencer. Marvin Kolmann resta cloué sur sa chaise en bois face à des histoires très peu connues. La STASI, l'Allemagne de l'est, les images d'un échange d'hommes sur un pont vert, Markus Wolf, la technique des Roméo pour séduire les secrétaires, la chute du mur le neuf novembre 1989.
« Roméo ! » S'écria-t-il en se passant les mains dans les cheveux. Plus tard dans la nuit, Kolmann avait fini de mettre au point son plan.

NEUVIÈME CHAPITRE

John Powell au centre, Amanda Brown à sa droite, Martin Schott à sa gauche. David Pawlevski debout à côté de l'écran, prêt pour le briefing.

« Après avoir reçu du matériel dans un fourgon blindé à Berlin, Marvin Kolmann a demandé à Paris de lui organiser un stage de deux semaines chez un mécanicien à la retraite. Il s'agit d'un monsieur ayant travaillé pour l'usine Garelli basée à Sesto San Giovanni, au nord de Milan en Italie. L'objectif du stage est de tout apprendre sur le Garelli Mosquito, un hélice bicyclette auxiliaire des années cinquante.

Powell regarda Martin Schott l'air de dire que tout ça était tout à fait normal.

— J'ai mal à la tête.

Schott lui fit signe que c'était OK.

— J'aime bien ce type, intervint Amanda Brown.

— Tu l'as déjà dit Amanda, murmura Powell.

— Oui, mais il en rajoute ! »

Dans le petit atelier à Menaggio c'était l'heure de la pause café. Monsieur Battista avait insisté pour que Kolmann reste dans la chambre d'amis pendant toute la durée du stage. Au bout d'une semaine Kolmann pouvait démonter et remonter un Garelli Mosquito les yeux fermés.

« Combien de kilomètres peut-on parcourir avec un Mosquito ? Demanda Kolmann.

Le vieux mécanicien regarda Kolmann comme s'il avait été son fils.

— Tu sais Marvin, en 1952 huit pilotes se sont relayés au volant d'un Mosquito 38-A pendant cinquante-cinq jours pour parcourir une distance équivalente à l'équateur. Ça s'est passé en France, sur le circuit de Pau.

— J'aimerais bien acheter mon propre Mosquito, fit Kolmann en mimant la position de conduite à grande vitesse.

— Demain on ira voir un ami, il va te surprendre fiston ! »

Kolmann passa les derniers jours du stage autour du lac de Côme sur son Mosquito jaune.

Sur l'avion en direction de Paris-Charles de Gaulle, Kolmann fut réveillé par une rage de dent. Pourtant son copain de squash et dentiste l'avait prévenu que la 46 se serait bientôt réveillée. Kolmann décida d'envoyer un texto à Annie en demandant si elle pouvait lui trouver un dentiste car il avait une carie au niveau de sa molaire inférieure droite, la fameuse 46. Pour s'amuser Kolmann chronométra son temps de réaction avec son Omega Speedmaster. Deux minutes et quarante-trois secondes plus tard Kolmann reçut un message d'un numéro inconnu. *"On vous confirme votre rendez-vous pour demain à 10h30. Le cabinet dentaire du Docteur Andersson, Paris."* Le lendemain Kolmann fut ravi d'être soigné par le Docteur Patricia Andersson, la fille du célèbre professeur Andersson de Stockholm. Elle avait décidé d'ouvrir son propre cabinet dentaire au cœur de Paris pour pouvoir profiter des boutiques après seize heures. Sous l'effet de l'anesthésie locale et des hormones, Kolmann était en train de se perdre dans les yeux de sa nouvelle dentiste quand elle lui demanda de tourner la tête vers la gauche. Dans cette nouvelle position Kolmann avait vue sur un bureau sur lequel trônait une gigantesque dent en bois exotique. Kolmann sourit avec les yeux quand il remarqua le sac de sport à côté du bureau. Le logo *Paris Top Fitness* fut instantanément mémorisé par le patient.

Le soir Kolmann se rendit sur le site internet du Paris Top Fitness. Il eut deux mauvaises surprises : d'une part le prix exorbitant, et de l'autre les inscriptions fermées.

« OK, on va régler ça à l'ancienne. »

Kolmann laissa le temps à sa joue de dégonfler. D'abord, un costume Giorgio Armani. Ensuite, une Breitling Navitimer et pour finir une Ferrari Testarossa. Il arriva sur le parking du Paris Top Fitness avec un large sourire et un fort accent américain. Deux heures plus tard, le Paris Top Fitness avait un nouveau client, Marvin Kolmann. Tout ça pour tomber "par hasard" sur le Docteur Patricia Andersson un samedi à vingt-deux heures, dans la salle dédiée aux pectoraux.

« Docteur Andersson, bonsoir ! C'est moi, Marvin Kolmann, la 46 !

— Je n'aime pas trop parler de boulot quand je suis dehors…

— OK je vous propose un marché. Je vous promets de changer de dentiste et de ne plus jamais vous parler de dents si vous m'invitez dans une brasserie dans une heure.

— Va prendre ta douche Marvin. Je t'emmène chez Raphaël. »

DIXIÈME CHAPITRE

Dans la salle d'attente il y avait six candidats. Marvin Kolmann était assis parmi eux. La société était spécialisée et uniquement dédiée à la traduction assermentée de documents administratifs et recrutait pour la section U.S.A. Kolmann avait étudié en Europe et notamment à Strasbourg. Dans son dossier de candidature il y avait aussi une enveloppe scellée de la part du vice-président des États-Unis d'Amérique. Kolmann aimait ce travail et la vie parisienne avec son ex-dentiste Patricia Andersson.
Puis vint le grand jour.

Marvin Kolmann quitta son appartement de Paris à bord de sa BMW Z3 de 1995. Il s'arrêta à mi-chemin entre Paris et Leondane. Dans une ville sans importance, Kolmann était propriétaire d'un deuxième appartement avec deux garages au sous-sol. Mal rasé et habillé en sportif, il se mit au volant de sa Renault Kangoo d'occasion. À l'arrière de son véhicule, son Mosquito jaune et son casque Garelli. Il vérifia encore une fois sur le site internet de Météo France qu'il y avait bien des orages de prévus sur la région de Leondane. Vers dix-sept heures Marvin Kolmann roulait sur son Mosquito sous la pluie battante. Il suivait son GPS dans l'écouteur caché sous son casque. 8 Rue de la Bastille, Leondane. Il regarda bien l'étiquette sur la sonnette : Blanchard, confirmé. Avec quelques petits outils il trafiqua d'une main sûre le moteur, puis il appuya sur la sonnette.

Joseph Blanchard était mécanicien à la retraite. Il ne s'attendait pas à tomber sur un touriste américain avec un Mosquito en panne ! Madame Blanchard prépara un bon café pendant que le gentil touriste s'essuyait devant la cheminée.

« On est où exactement ici ? Demanda Kolmann.

    — Vous êtes à Leondane, Monsieur…

    — Kolmann, je m'appelle Marvin Kolmann. Est-ce qu'il y a une auberge ici ? Je voudrais dormir au sec cette nuit et appeler la compagnie d'assurance demain pour trouver un centre d'assistance pour mon Mosquito. Je suis amateur de vieux trucs et mon Mosquito en est un ! Vous connaissez ?

    — Bien sûr que je connais, figurez-vous que j'étais, enfin que je suis mécanicien ! De plus moi aussi j'ai un Mosquito ! Vous savez Monsieur…

    — Kolmann.

    — Oui, Monsieur Kolmann, je suis originaire de Pau et quand j'étais petit ils ont montré au monde entier de quoi était capable un Mosquito ! »

Pendant que Monsieur Blanchard se perdait dans ses souvenirs d'enfance, sa femme passa un coup de fil en regardant l'américain dans les yeux.

« Bonsoir Marie.

Après les commentaires sur la météo elle poursuivit avec une sorte d'étrange fierté dans le ton de sa voix :

    — On est avec un monsieur, on va dire presque un ami, il s'appelle Marvin, Marvin Kolmann et il cherche un abri tu sais… »

Encore quelques plaisanteries et elle raccrocha.

« Madame Santoni, Marie Santoni vous attend dans sa petite auberge, c'est quand vous voulez !

— Et moi, intervint Monsieur Blanchard, je vais m'occuper du petit, le Mosquito !

— Dans ce cas-là je resterai ici le temps qu'il faudra, merci beaucoup. »

Marvin Kolmann passa la nuit dans une chambre qui visiblement n'avait pas été occupée depuis très longtemps.

ONZIÈME CHAPITRE

Marie Santoni faisait partie du décor du centre-ville de Leondane. Originaire de Corse elle avait quitté l'Île de Beauté à l'âge de dix-huit ans avec son mari pour venir s'installer sur le continent, à Leondane. Après huit ans de dur labeur les Santoni avaient réussi à ouvrir leur propre auberge. La vie avait décidé de ne pas leur donner d'enfants. Dieu avait aussi prévu de rendre Marie Santoni veuve trop tôt, dans un village destiné à tomber en ruines. L'auberge Santoni était la seule activité commerciale encore ouverte à Leondane. Marie, comme tout le monde l'appelait, passait toutes ses journées derrière le comptoir du bar dans l'attente des habitués. À sa droite, dans un panier en osier posé sur le rebord de la fenêtre se prélassait son chat. Elle parlait tout le temps avec lui en commentant les attitudes des clients. Quand Marie lui parlait, elle ne le regardait jamais, mais penchait la tête et parlait la bouche de travers. Il y avait aussi un autre détail qui rendait fou le village entier : Marie Santoni ne prononçait jamais le nom de son chat et personne ne savait comment il s'appelait !

Marvin Kolmann était assis à la terrasse de l'auberge. Il lisait le journal du jour quand il entendit le bruit caractéristique d'un Mosquito s'approcher. Joseph Blanchard, le mécanicien, conduisait avec un grand sourire, bouche ouverte et yeux grand ouverts aussi. Sa tête dodelinait de droite à gauche. On aurait dit un clown de cirque sur un vélo bruyant.

« Et voilà Monsieur Kolmann, c'est réparé ! »

Kolmann se leva en applaudissant le clown. Une demi-heure plus tard, alors que Joseph était encore en train d'expliquer ses astuces dans les détails, Kolmann vit la femme du mécanicien arriver avec un sac rempli de légumes du potager.

« Bonjour Monsieur Marvin ! Fit-elle. Je vous ai ramené les délices de notre potager ! »

Kolmann remercia le couple en serrant très fort la main au mécanicien et en faisant une bise inoubliable à Madame.

Quelques minutes plus tard Kolmann était assis sur un tabouret face à Marie. Marie s'alluma une cigarette, tira une bouffée et en balançant un torchon sur son épaule s'adressa à lui : « Alors, qu'est-ce que tu bois Marvin ? C'est moi qui offre. » Kolmann ne s'attendait pas à une approche aussi franche. Il posa ses coudes sur le comptoir et commença à parcourir les bouteilles rangées derrière en cherchant des yeux une étiquette noire au liseré blanc. Puis il la pointa du doigt, le bras tendu. « Bouteille carrée s'il vous plaît Maria. » Marie trinqua avec le touriste américain. Dès qu'il fut dehors elle interpella son chat : « t'as vu le *yankee* ? Il boit du Jack Daniel's lui ! Et puis t'as remarqué, il m'appelle Maria, pas Marie ! ». Chose très rare, le chat haussa le museau et fit grincer ses dents pour après l'enfouir à nouveau dans son pelage. « Il va revenir, je te le dis. »

Dix kilomètres plus loin Kolmann s'arrêta. Il balança son Mosquito dans sa Renault Kangoo et se mit au volant en direction de Paris. Quelques minutes plus tard il s'arrêta à nouveau à proximité d'un virage où il y avait une petite chapelle dédiée à Saint-Michel. À quelques pas derrière la chapelle il y avait un parapet qui donnait sur un talus. Marvin Kolmann balança le sac rempli de légumes, suivi par le Mosquito et touche finale, un coup de pied pour envoyer le casque Garelli. Il prit une douche et se rasa à mi-chemin dans son appartement "d'échange". À bord de sa BMW il se lança à 180km/h sur l'autoroute.

« Annie ?

— Oui, Monsieur Kolmann ?

— Je suis en route vers Paris. Pouvez-vous me réserver une table dans un restaurant chic pour ce soir ?

— Bien sûr Monsieur Kolmann.

— Vous enverrez un taxi chercher le Docteur Patricia Andersson chez elle, d'accord ?

— Oui Monsieur Kolmann, dois-je la prévenir ?

— Bien sûr que non Annie ! Le taxi doit se pointer chez elle en disant que je l'attends au resto !

— Je m'y attendais Monsieur Kolmann ! »

Il monta le son de la radio au maximum.

« *I can't get no… satisfaction…* »

DOUZIÈME CHAPITRE

Ciel bleu, soleil, arbres en fleur, papillons partout. Marvin Kolmann poussa la porte de l'auberge habillé en randonneur. Dans sa main gauche, une boîte de chocolats Amedei.
« Maria, je viens passer un week-end loin de Paris ! Chambre douze ?

— Chambre douze pour Monsieur !
Marie Santoni fit le tour du comptoir pour l'embrasser.

— Merci pour le chocolat Marvin.
Il y avait deux clients assis au comptoir du bar.

— J'ai soif. Pouvez-vous nous servir trois bières s'il vous plaît ? »
L'américain resta au bar en compagnie des deux villageois jusqu'au soir. Quand finalement il monta dans sa chambre, Marie Santoni caressa son chat et lui murmura à l'oreille :
« bingo… ».

Le lendemain Kolmann se leva tôt, prit son petit-déjeuner chez Marie et alla rendre visite à ses amis les Blanchard. « Une bouteille de Bordeaux pour Monsieur et un parfum italien pour Madame ! » Le soir, il resta pour un dîner convivial dans le jardin. Chargé de légumes, il rentra très tard dans la nuit. Kolmann passa le dimanche dans la nature et mit à dure épreuve les semelles de ses chaussures. « Maria, je dois rentrer à Paris ! Heureusement que j'ai fait un peu de randonnée parce que j'ai passé mon temps à bouffer ici !

— On se fait un Jack Daniel's avant que tu partes ? Proposa Marie.

— Oui Maria, c'est la tradition !

— Tu comptes revenir un jour Marvin ? Demanda-t-elle.

— Dans deux semaines, chambre douze ?

— Chambre douze pour Monsieur ! »

Kolmann vida son verre et sortit doucement de l'auberge. Le chat leva la tête pour mieux entendre le commentaire de sa patronne.

« Qu'est-ce qu'il fabrique l'américain ? »

Sur la route Kolmann s'arrêta à la chapelle Saint-Michel pour jeter les légumes. « C'est la tradition ! » Cria-t-il.

Les cheveux au vent il relança sa BMW sur la route déserte au cœur de la nuit.

Semaine après semaine, Kolmann prit l'habitude de se rendre à Leondane pour profiter de la nature sauvage des environs. Il lui arrivait aussi de jardiner avec Joseph Blanchard et il apprit à jouer et à perdre à la pétanque avec les amis du bar. Un jour Kolmann était assis sur un banc dans le jardin à côté de l'église. Il lisait un livre d'un romancier polonais quand il leva les yeux et aperçut un garçon avec sa mère derrière une haie à quelques mètres de distance. La mère était concentrée sur la tâche difficile de changer la bobine de pellicule d'un vieil appareil photo Nikon FM2. Du garçon on ne voyait que la tête. Soudain le garçon leva la tête et croisa le regard de Kolmann. Kolmann le salua d'un geste de la main.

« Tu lis un manga n'est-ce pas ? Demanda Kolmann.

Le garçon resta bouche bée quelques secondes, puis il se tourna vers sa mère l'air surpris.

— Maman ? Comment il fait à savoir que je lis un manga ?

La dame n'eut pas le temps de répondre que Kolmann poursuivit :

— D'ici je peux voir ta tête. Tes yeux bougent de droite à gauche, donc tu es en train de lire un manga ! C'est quoi ?

— Wow ! Fit la mère.

— C'est *One Piece*, c'est *One Piece* !

Le garçon montra son manga en le tenant bien haut avec ses deux mains. La maman prit son fils par la main et s'approcha.

— Je m'appelle Lora, lui c'est…

— Timothy !

Le garçon serra en premier la main à Kolmann.

— Moi c'est Marvin. Moi aussi j'aime les mangas Timothy ! »

Marvin Kolmann possédait les séries complètes de quatorze mangas et un nombre impressionnant de figurines. Kolmann testa les connaissances de Timothy sur les mangas. Le garçon était incollable, au point où il mit Kolmann K-O sur un défi de mémoire.

« Et si on allait tous les trois prendre une glace chez Marie ? Proposa Lora.

— Pardon ?

Kolmann était en train de perdre contre un gamin.

— Je vous propose de venir prendre une glace avec nous. Ça vous va ?

Marvin Kolmann était totalement déconnecté de la réalité à cause du garçon.

— Oui oui, excusez-moi j'étais… non rien. Oui, allons prendre une glace ! »

Sur le chemin Kolmann se demanda si tout allait bien. Il se retrouva assis chez Marie, une glace à la main.

« Oh là là… » fit la bouche de travers de Marie.

TREIZIÈME CHAPITRE

Le Jules Verne est un restaurant parisien situé au deuxième étage de la Tour Eiffel. Marvin Kolmann, tout bronzé, portait le costume gris qu'il avait acheté en Via della Spiga à Milan. Au poignet droit, une Cartier Tank. Patricia Andersson portait une robe noire ravissante. Chaussures et sac à main Gucci. Au dessert Patricia prit l'initiative :
« Ce soir je veux faire l'amour dans un hôtel !

— Patricia, demain je dois me lever tôt et partir quelques jours, tu le sais.

— Alors termine ton dessert, pas de café, on file à l'hôtel, tu me fais l'amour et tu t'en vas. Moi je reste à l'hôtel, je me lève tard, et je prends mon petit-déj' au lit ! »

Kolmann était déjà au comptoir pour l'addition.

07.00 A.M. affiché sur le réveil, une sonnerie assourdissante retentit. Marvin Kolmann chercha le réveil de la main, les yeux encore fermés. Raté. Le réveil tomba par terre et rebondit sous le lit. Kolmann tomba lui aussi du lit et gagna le réveil comme dans un exercice militaire. Une fois l'ennemi neutralisé, il cria :

« Je te déteste réveil ! Je t'adore Patricia ! Je te déteste Leondane ! »

Quelques heures et aspirines plus tard, il débarqua chez Marie Santoni.

« Bonjour Maria. Aujourd'hui j'ai rendez-vous avec Robert Fontaine pour acheter la petite maison au fond de la rue…

— Je sais où c'est Marvin, le rassura Marie.

Puis Marie Santoni regarda perplexe les pieds de l'américain.

— Qu'est-ce que tu fais avec des chaussures pareilles ?

Kolmann regarda vers le bas. Il était habillé comme un paysan avec des chaussures en cuir noir.

— J'ai perdu une semelle dans une aire de service et j'ai acheté des chaussures pour me dépanner. Maintenant je file, sinon je serai en retard pour la maison ! »

Marie Santoni caressa son chat, le regard perdu ailleurs.

« Il a trouvé des chaussures Prada dans une aire de service pour se dépanner hein… »

Marvin Kolmann était désormais propriétaire d'une petite maison de vacances avec jardin. Deux jours plus tard il était en train de laver sa voiture dans la cour quand il vit quelqu'un dans le jardin de la maison d'à côté qui peignait une toile sur un chevalet.

« Bonjour Monsieur le peintre !

Kolmann était intrigué par son nouveau voisin. Le peintre se tourna vers lui.

— Bonjour Marvin, c'est moi Lora, et je suis une femme !

— Mais vous êtes habillée comme Paul Cézanne et vue de dos…

— Merci pour le Paul Cézanne, j'aimerais bien savoir peindre comme lui !

Au même moment Timothy arriva avec son vélo devant la maison de Kolmann.

— Je peux t'aider à laver ta voiture s'il te plaît ?

— Bien sûr que tu peux Timothy, encore mieux, je te laisse terminer. »

Pour remercier Timothy, Kolmann se retrouva pour la deuxième fois chez Marie Santoni une glace à la main.

De retour vers Paris, Kolmann appela Annie pour organiser sa soirée avec Patricia. Avant de raccrocher, Kolmann ajouta : « Annie dans deux jours c'est votre anniversaire. Je veux vous faire un cadeau. Achetez le parfum français qui se mélangera le mieux avec le parfum naturel de votre peau. »

QUATORZIÈME CHAPITRE

Si dans un discours entre amis autour d'une table quelqu'un cite la White Star Line ou le commandant Edward Smith, personne ne comprend de quoi on parle. En revanche si on dit "Titanic" l'image des quatre cheminées surgit immédiatement dans les esprits, comme gravée dans les mémoires. En 1962 Leondane avait encore sa propre école primaire avec beaucoup d'enfants. La plupart des élèves appartenaient aux familles des travailleurs des moulins de la région. Lors de la commémoration des cinquante ans de la catastrophe liée à l'iceberg, le professeur d'histoire de l'époque proposa aux élèves de construire une maquette du
Titanic pendant les vacances scolaires de Pâques. À la rentrée il y avait dans la cour de l'école un nombre impressionnant de petits paquebots noir et blancs. Ce fut à ce moment-là qu'un enfant eut une idée géniale. Il proposa une compétition de Titanic. L'économie florissante de Leondane était entièrement basée sur ses moulins à eau. Il y avait une source naturelle au sommet de la petite montagne rocheuse qui constituait le territoire de Leondane. À partir de ce point, cinq petits fleuves descendaient le long de la côte. Au total on pouvait compter cinq moulins à eau

répartis sur les alentours du village. En observant la cartographie, si on imaginait de relier avec un crayon les cinq moulins, on obtenait une étoile à cinq pointes. Depuis toujours on appelait ça "l'étoile aux moulins". Les règles de la compétition étaient simples. Chaque participant pouvait choisir son moulin de départ. Un coup de fusil de chasse donnait le signal pour jeter les maquettes à l'eau. Celui qui arrivait en premier au centre du village gagnait. Les moulins et l'école avaient fermé depuis très longtemps, mais cette tradition était restée honorée chaque année.

Le quatorze avril de cette année là, les enfants du village et quelques adultes attendaient tous le coup de fusil donné par l'arbitre de la course. Timothy lança son Titanic avec force, puis il alla s'installer sur l'un des petits ponts en bois situés le long du trajet pour inciter son paquebot, les jambes au-dessus de l'eau. Lora et son fils virent le petit bateau s'approcher à grande vitesse, en tête à tête avec celui de Monsieur Blanchard. Timothy criait accroché à la balustrade du petit pont. Puis la tragédie se produisit : *Crack !*
Lora vit l'ombre de son fils disparaître avec le morceau de bois qui semblait l'attirer dans l'eau.
« Timothy, non ! » Cria-t-elle.
Marvin Kolmann était dans le public quelques dizaines de mètres plus bas. Il vit lui aussi le corps de l'enfant tomber à l'eau. Il avait disparu en une fraction de seconde et n'avait pas refait surface. Kolmann eut un réflexe. Il n'eut pas le temps de réfléchir à quoi que ce soit. Ses yeux devinèrent la trajectoire du corps disparu sous l'eau. Ses jambes le propulsèrent à sa suite pour l'intercepter. Un homme et un enfant avaient disparu. Après un laps de temps comparable à l'éternité, Marvin Kolmann refit surface avec un corps inanimé dans les bras. Il gagna la rive en criant de douleur. Il y avait du sang partout, l'enfant était mort. Kolmann, les larmes aux yeux, se pencha à genoux sur le visage du petit : « Timothy, Timothy ! » Il sentait qu'il allait bientôt perdre connaissance. Pour ne pas tomber dans les pommes

Kolmann se donna un coup de poing dans les côtes déjà fracturées. Puis il commença à tenter de le réanimer.

Marvin Kolmann reprit connaissance à bord d'une ambulance.

« Timothy ? Demanda-t-il au médecin.

— Vous l'avez sauvé Monsieur.

— Il est vivant ?

— Oui, et globalement il se porte mieux que vous. »

La morphine ne suffisait pas à plaquer la douleur, mais Kolmann souriait.

QUINZIÈME CHAPITRE

Quelques semaines plus tard Marvin Kolmann avait encore du mal à respirer à pleins poumons mais il s'était bien rétabli. Timothy allait bien aussi. Il était tout fier du trophée posé sur l'étagère de sa chambre. Au terme de son week-end à Leondane, Kolmann passa dire au revoir à Marie Santoni, prit son Jack Daniel's selon la tradition et partit en direction de Paris. Tradition oblige, il s'arrêta au virage de la chapelle Saint-Michel. Il descendit de sa Renault Kangoo, ouvrit la portière arrière et prit le cageot en bois rempli de tomates. Il les regarda. Rouge intense. « Chaque tradition doit prendre fin un jour ! » Il reposa délicatement le cageot dans la voiture et repartit pour aller se changer dans son appartement avant de rejoindre Paris pour se cuisiner des spaghetti *al pomodoro fresco*. La semaine suivante, Kolmann franchit une nouvelle étape. Au retour de Leondane, il ralentit au niveau du virage de la chapelle Saint-Michel et sourit tout seul : « je m'en fous ! ». Il appuya sur le champignon et arriva au cœur de Paris avec sa Renault Kangoo.

Le mercredi soir à dix-huit heures Kolmann avait terminé sa journée de travail en qualité de traducteur assermenté. Il alla frapper à la porte de son chef de section. Le dialogue fut bref, et le chef de la section U.S.A. donna son feu vert pour que Kolmann puisse travailler de chez lui en permanence. Plus tard Kolmann appela Annie pour lui expliquer qu'il allait s'installer à Leondane et pour annuler le dîner chez Mamma Marisa qu'il avait prévu avec Patricia Andersson.

« Monsieur Kolmann ? Demanda Annie sur un ton presque caricatural.

— Oui Annie ?

— Monsieur Kolmann, est-ce que je peux vous poser une question personnelle ? Demanda-t-elle avec une certaine malice dans la voix.

— Non Annie. Bonne nuit. »

Quarante-huit heures plus tard Marvin Kolmann débarquait chez lui à Leondane avec sa Renault Kangoo remplie de matériel informatique.

Un soir, assis devant sa cheminée, Kolmann apprit qu'il n'avait plus envie de retourner à Paris. Il appela Annie. Kolmann lui expliqua qu'il voulait abandonner le projet qu'il avait lui-même soigneusement planifié dans les détails : quatre jours en amoureux avec Patricia Andersson à Venise. Vu que les réservations pour toutes les activités dans la lagune vénitienne étaient déjà payées, Annie demanda si elle pouvait profiter d'un voyage en amoureux dans la ville qu'elle rêvait de visiter depuis toujours.

« Bien sûr que vous pouvez y aller Annie.

— Merci, Monsieur Kolmann.

— Et avec qui irez-vous Annie ?

— Avec Patricia Andersson.

Silence.

— Annie ?

— Oui, Monsieur Kolmann ?

— Est-ce que je peux vous poser une question personnelle ?

— Non, Monsieur Kolmann. Bonne nuit. »

Elle raccrocha.

Kolmann se regarda dans le miroir. « Ça alors, Annie et Patricia ! Voilà comment elle a fait pour m'obtenir un rendez-vous chez le dentiste en deux minutes et quarante-trois secondes chrono quand j'étais sur l'avion pour Paris ! Elles étaient ensemble ! Quel con ! ». Puis il se regarda à nouveau dans le miroir en souriant. « OK Annie, là tu marques un point. »

SEIZIÈME CHAPITRE

L'après-midi du quatorze juillet Marvin Kolmann trafiquait avec ses outils derrière sa maison. Il faisait très chaud et le bruit d'une fenêtre qui s'ouvrit attira son attention. C'était la grande fenêtre d'une pièce à l'étage de la maison d'à côté. Lora avait les cheveux mouillés. Elle se regardait dans un grand miroir habillée d'un peignoir blanc. Quand le peignoir tomba par terre, la mâchoire de Kolmann en fit de même. Lora enfila une robe mauve sans sous-vêtements puis l'enleva. Son corps nu se tenait devant le miroir. Elle essaya une robe noire. Puis ce fut le tour du rouge, du bleu et du rose. Le défilé terminé, Lora remit son peignoir et referma la fenêtre. Malgré lui (ou presque) Kolmann avait eu droit à un spectacle inattendu ! Il ne savait pas que quelques jours plus tôt, l'ironie de la vie avait joué d'avance.

Lora se promenait sur un chemin dans les bois le long d'un petit fleuve. Elle voulut s'approcher de l'eau. Elle était en train d'émerger de la végétation quand elle aperçut Kolmann qui nageait dans le fleuve. Elle leva le bras et ouvrit la bouche pour l'appeler, quand sa voix resta coincée dans sa gorge. Marvin Kolmann venait de se lever dans l'eau. Il était complètement nu. Kolmann se mit à marcher en direction de Lora pour gagner la rive. Elle se porta une main à la bouche et d'instinct s'accroupit. Il s'allongea au soleil pour se sécher. Lora retourna jusqu'au chemin à quatre pattes, elle avait tout vu.

En France le quatorze juillet est la fête nationale, et même à Leondane une soirée est organisée. Marvin Kolmann se tenait debout face au buffet de fruits de mer quand une main tapota son dos.
« *Toc-toc* !
Il se retourna et vit Lora. Elle était splendide et portait une robe bleue.
    — Excellent choix, fit-il.
    — Quoi ? Demanda Lora.
    — Non rien, je veux dire que tu es… Tu…
    — Tu veux danser avec moi Marvin ?
    — Oui, bien sûr !
Lora posa ses bras autour du cou de Marvin.
    — Aïe ! Fit-il. J'ai attrapé un coup de soleil l'autre jour au fleuve. »
Lora rougit de tout son corps. Une fois la fête terminée tout le monde rentra chez soi juste avant qu'un orage estival se déclare. Dans la nuit Kolmann cherchait le sommeil quand il entendit frapper à la porte. Lora était complètement mouillée. Elle tremblait comme une feuille au vent.
« Marvin… » Elle avança vers lui comme un robot. Elle l'embrassa sur la bouche. Ils firent l'amour de manière ordinaire, le souffle saccadé, les lèvres entrouvertes qui s'effleurent.

DIX-SEPTIÈME CHAPITRE

Le bureau de poste au centre de Leondane avait été supprimé depuis longtemps. C'était l'auberge de Marie Santoni qui remplaçait la poste de manière non-officielle mais fonctionnelle. Deux fois par semaine le facteur de la poste (le vrai) déposait un sac chez Marie, buvait un coup et se barrait. Ensuite, à tour de rôle, les enfants du village allaient distribuer le courrier dans les boîtes aux lettres. Martine, une fillette de huit ans, arriva avec son vélo devant la maison de Kolmann.
« Monsieur Marvin, Monsieur Marvin !
— Bonjour Martine, tu vas bien ?
— Monsieur Marvin, il y a une lettre pour vous des États-Unis ! »
Marvin Kolmann prit la lettre et remercia la petite. Il alla s'installer à la table de son jardin où il prenait son goûter avec Lora et Timothy. Il ouvrit l'enveloppe devant eux et lut la lettre. Marvin Kolmann posa la feuille.
« Ma mère est décédée. »
Le soir Joseph Blanchard insista pour l'accompagner à l'aéroport Charles de Gaulle à Paris. Kolmann prit le dernier vol pour New-York. Il fit escale à Seattle-Tacoma avant d'arriver à Astoria dans l'Oregon. Deux semaines plus tard Kolmann retourna en Europe. Depuis son appartement de Paris il appela Annie très tôt le matin.

« Vous allez prendre contact avec une société nommée ESL basée à Vaduz, capitale du Liechtenstein. Ce sont des notaires experts dans le domaine européen.

    — Bien, commenta Annie.

    — Je veux un rendez-vous dans trois jours. Il faudra prévoir un séjour d'une semaine car il y aura énormément de choses que je dois comprendre.

    — C'est noté Monsieur Kolmann. Juste un détail : ils vont me demander le sujet du rendez-vous.

    — Acheter un village. »

Pendant que Marvin Kolmann enchaînait les réunions au Liechtenstein, au siège de la Corwell Agency la tension était montée d'un cran. John Powell avait du mal à cacher son inquiétude. Martin Schott de son côté parlait très peu. Amanda Brown proposa un plan d'action.

« Il faut qu'on envoie quelqu'un là-bas pour voir ce qu'il se passe.

    — Oui, mais il faut faire gaffe à ne pas se faire cramer, rajouta Powell.

David Pawlevski intervint à son tour.

    — Si on envoie en France quelqu'un qui rate la mission on est fichus.

John Powell baissa la voix :

    — Le quelqu'un en question c'est toi, David Pawlevski.

    — Et vous avez intérêt à ne pas vous rater ! » Le menaça Amanda Brown.

Martin Schott ne dit rien.

Marvin Kolmann rentra à Leondane le même jour où David Pawlevski posa les pieds sur le sol français. Pawlevski s'improvisa agent secret en mission. Sans perdre de temps il loua une Twingo rouge chez Hertz. Il passa sa première nuit dans un hôtel sur le trajet vers Leondane. Il se leva tôt et à dix heures du matin il était arrivé à destination. Il laissa sa voiture à l'entrée du village, dans le parking du cimetière.

Pawlevski avait acheté une casquette du Tour de France et des lunettes de soleil effet miroir dans l'idée de se rendre invisible. L'espion gagna le centre-ville à pied. Il repéra la terrasse d'un café. Il s'installa à une table peu exposée. Il commanda un cappuccino et se cacha derrière les pages d'un journal qu'il ne savait pas lire. Coup de chance, il vit sa cible au volant d'une voiture blanche qui s'éloignait vers le nord. Étant donné que le cappuccino était déjà réglé Pawlevski se mit à courir dans la direction opposée pour prendre sa voiture. Le chat installé sur le rebord de la fenêtre entendit sa maîtresse marmonner : « Mais d'où il sort celui-là ? »

Pawlevski lança sa Twingo à toute allure en direction du nord, à la poursuite de Kolmann. Finalement, il repéra la Renault Kangoo. Pawlevski gardait une certaine distance mais ne lâchait pas prise. Les deux voitures avaient parcouru quarante kilomètres quand la blanche s'arrêta au bord d'un petit lac. La rouge fit semblant de continuer le long de la route. Marvin Kolmann alla s'asseoir au soleil sur la terrasse d'un petit bar au bord du miroir d'eau. Il appela Stéphane et passa commande. Le garçon lui servit un whisky du Tennessee. Kolmann lui fit signe de poser la bière en face de lui. Il but une gorgée et sortit son téléphone portable. David Pawlevski tenait en joue Kolmann dans ses jumelles de chasse quand il sentit son téléphone portable vibrer. Merde, c'était Kolmann qui l'appelait.
« Allô ?
Pawlevski tenait les jumelles de la main gauche et le portable de la main droite.
— David, je ne sais pas exactement où tu te caches mais la bière que tu vois en face de moi est pour toi. Dépêche-toi.
— OK. Fit-il la bouche sèche.
David Pawlevski arriva pâle comme un linge.
— Ne t'inquiète pas David, tout va bien. Assieds-toi et profite de ta bière ! »
Marvin Kolmann demanda à Pawlevski de lui raconter toute

l'histoire du début à la fin. David Pawlevski vida son sac. Il commença par son recrutement par Amanda Brown en passant par son mariage compromis, pour conclure avec la pression exercée par les japonais.
« Voilà pourquoi je suis là, Monsieur Kolmann.

    — OK David. Maintenant c'est à mon tour. Observe bien tout ça. »

Kolmann passa un coup de fil en haut-parleur.
« Annie ?

    — Oui, Monsieur Kolmann ?

    — Vous allez appeler l'agence immobilière Gordon Hause de Chicago. Vous allez acheter une maison avec jardin dans un quartier résidentiel. Les propriétaires de la maison sont David et Allison Pawlevski. C'est mon cadeau pour leur mariage. Tout est clair ?

    — Oui Monsieur Kolmann.

Fin de la communication.

    — Et maintenant David, tu peux retourner dans l'Illinois et dire à la Corwell Agency que tout va bien. Parce que tout ira bien David ! »

DIX-HUITIÈME CHAPITRE

Marvin Kolmann demanda à Marie Santoni de pouvoir utiliser la salle à manger de l'auberge pour tenir une réunion à laquelle tous les habitants de Leondane devaient impérativement participer.

« À la mort de mon père, ma mère lui avait promis de rester à la présidence de la flotte de bateaux de pêche qu'il avait lui-même créée dans l'Oregon. Comme vous le savez, ma mère vient de disparaître elle aussi. Elle avait déjà tout prévu avant sa mort. La West Fishing Corporation vient de me confirmer l'achat de toute la flotte comme convenu. Je suis le seul héritier d'une somme colossale. »
Kolmann poursuivit en expliquant qu'il avait une idée derrière la tête.
« Je voudrais restaurer la totalité des moulins à eau de Leondane.
Les participants écarquillèrent instantanément les yeux.

> — Je veux créer une entreprise privée qui donne à tous les particuliers français la possibilité de moudre leur propre blé bio à Leondane. Je suis allé puiser dans le passé pour trouver le nom de l'entreprise : l'Étoile aux Moulins ! »

Pendant plus de deux heures Kolmann exposa les moindres détails de l'affaire.

« Je veux que chacun d'entre vous soit actionnaire de la société. Pour pouvoir être sociétaire il faut évidemment trouver du capital liquide. J'ai passé une semaine dans le Liechtenstein pour trouver une solution possible. L'Étoile aux Moulins doit pour cela acheter la totalité des propriétés du territoire de Leondane.

La température dans la salle montait de plus en plus.

> — Je termine avec une précision très importante : si seulement une personne parmi nous n'est pas d'accord, je renonce au projet. »

Au fond de la salle, appuyé contre le mur, il y avait Ben, le frère aîné de Lora. Ben était le meilleur ami de Benjamin, le mari de Lora. Ben et Benjamin étaient tous les deux sapeurs-pompiers. Ils étaient ensemble le jour où un accident tua Benjamin. À cette époque, Lora était enceinte de Timothy. Pour des raisons plus faciles à comprendre qu'à expliquer, Ben ne supportait pas le nouveau rôle de Kolmann dans la vie de sa sœur. Il s'avança d'un pas menaçant.

« Tu te prends pour qui ? Tu crois pouvoir débarquer et t'approprier des familles et tout le reste comme ça ? Moi je suis contre !

Marvin Kolmann baissa les yeux. Puis il releva la tête.

> — Je ne veux prendre la place de personne ici à Leondane. Je ne veux pas remplacer Benjamin non plus. Si je dois avoir une place ici à Leondane, je veux que ce soit ma propre place Ben. »

Marvin Kolmann quitta la salle en silence.

Quelques jours plus tard, Marvin Kolmann était en train de sortir les poubelles quand il vit Ben sortir de chez Lora. Ben se dirigea à grands pas droit vers Kolmann. Kolmann laissa tomber le sac poubelle et se prépara à toute sorte d'approche.

« Excuse-moi Marvin.

Fin du stress.

> — Je viens de terminer chez Lora le tour de tout le village. On est tous avec toi, on est tous pour

l'Étoile aux Moulins ! »

À la fin du mois il y eut une grande réunion chez Marie Santoni. Devant l'auberge on pouvait remarquer une Range Rover noire à vitres teintées. La plaque d'immatriculation indiquait FL-989 Fürstentum Liechtenstein. L'Étoile aux Moulins venait d'être enregistrée au niveau international. À partir de ce moment-là chaque mètre carré du territoire de Leondane appartenait à l'Étoile aux Moulins, *alias* Marvin Kolmann. La fête se termina très tard dans la nuit chez Marie. Ni vu ni connu, la Mercedes-Benz blindée s'arrêta devant la maison à 5h10 du matin. Marvin Kolmann sortit de chez lui en costume noir. Il avait une mallette couleur acier menottée à son poignet. La voiture disparut dans le brouillard. À l'aéroport Marseille-Provence un jet privé l'attendait sur la piste. Escale technique à l'aéroport international de Zurich pour glisser dans le ventre d'un plus gros avion de Swiss Airlines. La moitié de la surface de la planète défila sous la carlingue.

La pluie battante sur le tarmac de Tokyo-Haneda. Quatre Toyota escortaient l'homme à la mallette sur les genoux. Au quatrième étage, une porte en acier s'ouvrit. Hiroto Tanaka demanda à Marvin Kolmann s'il avait fait bon voyage. Une fois les formalités accomplies Hiroto Tanaka posa sa tasse de thé.
« Vous allez rentrer aux États-Unis, Monsieur Kolmann ?
— Non, pas tout de suite. Je vais m'arrêter en Norvège sur la route.
Kolmann posa à son tour sa tasse de thé.
— Je vais à Bergen pour partir en croisière avec ma mère pour fêter son anniversaire. »

DIX-NEUVIÈME CHAPITRE

John Powell écrasa son cigare.
« Je pense qu'on réengagera bientôt cet homme-là pour d'autres affaires !
Amanda Brown croisa le regard de Martin Schott et y trouva la confirmation de son intuition.

> — J'ai beaucoup observé Marvin Kolmann, commença-t-elle. Si j'ai bien compris Kolmann adore se faufiler dans des situations pas possibles ! Vous avez sûrement remarqué qu'il a dépensé énormément d'argent mais qu'il n'a demandé qu'un tableau pour toute récompense.
> — Oui mais quel tableau, observa Powell.
> — Ce que je veux dire c'est que Kolmann aime dépenser l'argent des autres. Si un jour il gardait l'argent pour lui, s'il devenait riche, c'en serait fini de lui, la fin du *Kolmann* !

Martin Schott hocha la tête.

> — Je pense que Marvin Kolmann ne travaille jamais deux fois pour le même mandataire, conclut

Amanda Brown.
John Powell regarda Martin Schott.

> — Martin, comment tu… Puis il secoua la tête comme

un enfant et se tût.

> — On ne pose pas certaines questions à la Corwell

Agency n'est-ce pas ? Déclara David Pawlevski.
— Bienvenue à bord ! » Répondit Martin Schott.

Huit mois plus tard, Marvin Kolmann était installé dans son canapé. Il portait un t-shirt blanc et des shorts blancs. Les pieds nus posés sur la table basse, il regardait la télé avec un verre de whisky fabriqué à Lynchburg à la main. Derrière lui, accroché au mur, un tableau avec des horloges bizarres, déformées. S'il y avait eu des invités, ils auraient remarqué en bas à droite du tableau la signature authentique de Salvador Dalí.
CNN transmettait en direct l'ouverture officielle de New Tokyo. Les caméras montraient l'empereur du Japon avancer sur un boulevard bordé de cerisiers en fleur. Quelqu'un sonna à la porte. Marvin Kolmann regarda l'heure sur sa Jaeger-LeCoultre Reverso. Il se leva, éteignit la télé, vida son verre et alla ouvrir la porte. Un homme en costume gris foncé, chemise blanche et cravate fine noire se tenait sur le pas de la porte.
« Je suis Hanz Fischer.
L'individu se présenta avec un fort accent allemand.
— Je représente une industrie de recherche génétique allemande. Je peux vous parler ? »
Marvin Kolmann fit entrer l'homme aux yeux gris en l'invitant d'un geste du bras gauche, pendant que sa main droite lui effleurait le dos pour l'accompagner. En réalité Kolmann avait appris ce geste un après-midi en Israël. En effleurant le dos de l'homme en costume, Marvin Kolmann avait reconnu la présence d'un gilet pare-balles. Cela signifiait une seule chose : l'organisation qui avait envoyé l'homme voulait le protéger.
La brève analyse de la situation porta Kolmann à une conclusion : pour quelqu'un le message verbal que portait cet homme était plus important que sa propre vie. Dans les yeux de Marvin Kolmann la flamme de l'intérêt s'alluma.
« Je viens tout juste d'en terminer avec un dossier, je vous écoute. »

LE MOT DE L'AUTEUR

Je ne savais pas qu'écrire un livre pouvait

donner des émotions aussi fortes.

Je ne compte pas les fois où en relisant

le livre que j'étais en train d'écrire,

je me suis mis à pleurer pris par

les émotions que le livre me donnait.

— Christian Gini.